TEMAS *en el margen*

Federico Andahazi

El árbol de las tentaciones

Temas Editorial

Talcahuano 1293 piso 1ro. B
1094 - Buenos Aires, Argentina
Tel: 813.9334 y rotativas / Fax: 813.5463
E-mail: scarfi@impsat1.com.ar

Diseño de cubierta e interiores: Diego Barros

Impreso en Argentina por Indugraf.

Printed in Argentina.
1º edición, noviembre 1998.

ISBN 987-9164-24-5
cc. 9789879164242

El árbol de las tentaciones

Índice

El sueño de los justos 11
Almas misericordiosas 35
La brújula invertida 55

El sueño de los justos

El sueño de los justos

Fué el mismo año en que las tropas de la confederación convirtieron al general Eusebio Pontevedra en un rosario toba, trenzado con el cuero que le arrancaron del lomo y engarzado con las cuentas amarillentas de sus propios dientes; el mismo año en que los ejércitos unitarios decapitaron al coronel Valladares y se disputaron el trofeo de su cabeza —todavía gesticulante— en un juego de pato. Aquel mismo año, en el día de San Simeón —que es el santo de los comisionistas—, mi teniente me encomendó el traslado de una prisionera desde el cuartel de Quinta del Medio hasta cierto monte perdido al otro lado de la frontera, donde debía ser fusilada y bien enterrada por un servidor.

—Queda a su cargo y bajo su responsabilidad —me dijo mi teniente, Severino Sosa, a la vez que me entregaba un fusil y una pala, al tiempo que una guardia de cuatro soldados conducía a la cautiva hacia el portón del cuartel.

La prisionera era una anciana cuya mínima humanidad estaba hecha de piel sobre hueso. Tenía un ligero rubor en la nariz que parecía ser el único indicio vital y un orgullo un tanto agrio, propio del rigor de talante que tienen los gringos. Estaba elegantemente resignada a una manea que le sujetaba las muñecas, montada a pelo sobre un percherón de grupa cuadrada que era mucha bestia para tan poco jinete.

Severino Sosa había planificado y ejecutado personalmente la captura de Mary Jane Spencer, una inglesa que había contraído matrimonio con cierto ministro enemigo. El propósito de la operación era el de negociar el intercambio de todos nuestros prisioneros y forzar la capitulación de las tropas de ocupación; de paso mi teniente aspiraba de este modo a conseguir el merecido ascenso a coronel y el reconocimiento de nuestro jefe general, el comandante Libardo de Anchorena.

Sin embargo, algo había salido mal: supe de boca de cierto cabo que la cautiva Mary Jane Spencer no era Mary Jane Spencer, sino que resultó ser Miss Seaned O'Hara; que no era inglesa sino irlandesa; que no era la esposa del ministro enemigo, sino la abuela de cierto reputado militar; que no la habían sacado de la casa del ministro, sino que Severino Sosa había entrado por error a la casa del comandante Libardo de Anchorena, a la sazón jefe general de todas nuestras divisiones y vecino casual de aquel ministro de la ocupación.

Mi teniente estaba en problemas; no solamente porque ya no había prisioneros que negociar ni teníamos forma de forzar a la ocupación a presentar bandera blanca: había secuestrado, lisa y llanamente, a la venerable abuela del comandante, madre mía, que de haber sido creyente me hubiera encomendado a Santa Lucrecia, que es la santa que protege a los soldados de la ira de sus superiores. Por mucho menos, el comandante había mandado a despellejar vivo al finado sargento Obregozo

—Dios lo tenga a su diestra— y para rematarlo lo mandó a decapitar.

Severino Sosa se pasaba las horas fumando en su pipa de espuma de mar y caminaba como un tigre enjaulado de aquí para allá, y que para qué carajo se gasta uno el seso si estos imbéciles se meten en cualquier casa y amordazan a la primera que se les cruza, bramaba señalándonos con su bastón de palo de rosa, y que qué mierda hacemos ahora con la vieja, vociferaba hecho una hiena mi pobre teniente que ya no sabía cómo desembarazarse del lastre de sus propias culpas y, sobre todo, de la urgencia del asunto: al día siguiente, el comandante Libardo de Anchorena —que había jurado desollar vivos a los miserables raptores de su santísima abuela— iba a venir a pasar revista a la tropa y a inspeccionar personalmente el cuartel.

Cerca de la madrugada y sin haber pegado un ojo, Severino Sosa me llamó a su despacho:

—Llévese a la gringa —me ordenó, sin darme más precisiones.

—¿Y adónde la voy a llevar, mi teniente? —recuerdo que le pregunté antes de que metiera la mano en la vaina y, rojo como un ají, me sacara de su despacho a punta de sable.

—Mátela; llévesela lejos y mátela —me ordenó antes de perderse al otro lado de la puerta.

Partí con la cautiva antes de que despuntara el alba. Cabalgábamos en silencio. La gringa ni siquiera se dignaba a mirarme. Debo confesar que me rompía el corazón verla maniatada como una oveja. Antes de llegar a la frontera me apeé y le desaté las manos. Pero la vieja no despegaba la vista de un punto situado más lejos que el horizonte.

—¿Quiere agua? —le pregunté a la vez que le ofrecí la bota que aún conservaba agua fresca. Pero ni siquiera tuvo el decoro de darme vuelta la cara. Sólo Dios sabe cuánto me atormentaba aquella indiferencia.

Cerca del mediodía paramos a la orilla de Laguna del Medio. La gringa no mostraba signos de fatiga, ni de hambre, ni de sed, ni de tedio, ni siquiera del miedo a la muerte próxima. Tenía un orgullo tan grande como mi vergüenza. Aquel montecito que nacía de la laguna era el lugar adecuado, me dije. La alcé en mis brazos, la bajé del caballo y la recosté sobre la arena negruzca. La gringa dejaba hacer. Iba a cargar el fusil, pero me pareció demasiado para un cuerpecito tan menudo. Desenfundé el puñal y, sin siquiera mirarla, calculé la fuerza del puntazo sobre el corazón. Si solamente me hubiera insultado; si me hubiera dado cuantimenos un motivo, una excusa...; pero nada, la vieja era como un cordero indefenso y a la vez tan arrogante. No. Así no podía. Caminé hasta el apero de mi caballo y me infundí coraje con un trago de vino que traía en otra bota. Sólo entonces pude ver que la gringa miraba el hilo rojo que caía del pico con unos ojos hechos de una ansiedad infinita, a la vez que agitaba las aletas de la nariz como si acabara de oler el perfume más hermoso de este mundo. Le tendí la bota como quien ofrece una última voluntad. La vieja se incorporó un poco y con la fuerza de un oso que tira el zarpazo, con la rapidez invisible de la lengua de un sapo, me la arrebató de un manotón; vi, azorado, cómo aquellos dedos sarmentosos y decrépitos apretaban el cuero de la bota con la firme voluntad de las boas cuando atrapan a su presa. En un mismísimo santo y amén la gringa se había tomado hasta la última gota. Soltó un eructo medieval, volvió a recostarse y, por primera vez, me miró; me miraba con los más dulces y agradecidos ojos, como nunca antes nadie me miró. Estaba completamente borracha y, viéndola como entonces la vi, supe que así, borracha como una cuba, era como se componía su sobria relación con las cosas de este mundo; que así, con la materia de los reposados vapores que encierran los toneles, de aquella misma sustancia, estaba hecho el espíritu de los irlandeses. Viéndola como la vi entonces supe definitivamente que no podía matarla. La gringa, mansamente recostada sobre su cadalso, cantaba la canción más dulce que jamás se haya cantado; cantaba en un idioma tan grato y tan remoto que se diría que no era de este mundo. Así, con los ojos cerrados y susurrando, me hizo un lugar entre el crucifijo que llevaba prendido al cuello y su pecho y así, debajo del ala cálida de su mano sobre mi mejilla, así, con el sueño de los justos, así me dormí. Dormí durante un tiempo incalculable; dormí como si dormir fuera algo nuevo y hasta entonces desconocido.

Despertamos prófugos. Antes de que el sol se pusiera detrás del monte, bordeamos la laguna rumbo a la frontera cenagosa que une Quinta del Medio con Paso de los Monjes. La gringa llevaba al percherón por el bozal y no se entendía cómo semejante mole se sometía mansamente a la voluntad de aquella mujer mínima y encorvada; yo, por mi parte, tenía que luchar con mi caballo que se retobaba, a cada paso, conforme se alejaba de la querencia.

Era noche cerrada cuando alcanzamos el otro lado de la frontera; sólo entonces comprendimos que, en verdad, no sabíamos a dónde ir. Haciéndolos durar mucho, solamente teníamos víveres para no más de un día: un poco de charqui, unas galletas y casi nada de vino. Íbamos, quién sabe por qué, hacia el norte. No me empujaba el miedo, ni el recuerdo del finado cabo Paredes, aquel que había desertado y, como medida ejemplar, mi teniente lo había colgado cabeza abajo —que es un decir porque ya lo había hecho decapitar— para que quedara claro qué se hacía con los que huían; no, no me animaba el miedo, sino el susurro dulce de la gringa que cantaba, sus manos que acariciaban la testuz del caballo que la seguía mansa y ciegamente; no me llevaba la cobardía, sino la convicción de que ya nunca me iba a separar de aquella mujer, porque, lo sabía, entre el crucifijo y su pecho, debajo del ala tibia de su mano, nada malo podía depararme este mundo. De haber tenido una casa, allí la hubiera llevado; pero jamás tuve otro hogar que el de los cuarteles de campaña, ni más familia que la de mis camaradas, ni Federación, ni Unión, ni otra Patria más que la silla de mi caballo.

Ya por la madrugada no teníamos ni charqui, ni galletas, ni vino. Había que entrar a Paso de los Monjes. El uniforme me delataba como un traje de preso. Desde el rancherío llegaba el perfume de una oveja asándose y pude ver cómo a la gringa le brillaron los ojos cuando, frente al Cristo dorado del animal en cruz, el asador empinó una botella de grapa. Tuve que agarrarla de un brazo. No me daba el orgullo para mendigar, ni el coraje para ir a robar. Se nos hacía agüita la boca. Me quité la chaqueta, la faja y la bandolera; dejé el sable, el puñal y la pistola y le dije a la gringa que me esperara, espéreme, le dije, que ya vuelvo, me santigüé y salí de los matorrales en cueros y con el corazón en la boca. Eran gentes de temer.

—¿Anda solo y a pata, mi amigo? —me desconfió el asador sin levantar la vista de la hoja de la cuchilla que iba y venía por la chaira como una amenaza.

—Así es, nomás —dije y le alargué el morral.

—No se le niega la comida a un cristiano —dijo otro que apareció de adentro del rancho—, pero ¿por qué no se queda a comer con nosotros; nos ha visto leprosos, el mocito?

—A lo mejor no anda solo... —terció un gordo que se mondaba los dientes con un puñal y que apareció detrás del anterior.

—Quién sabe... —suspiró el de la chaira.

—Quién sabe... —convino el tercero.

A juzgar por las marcas impares de la yerra de los caballos que se doblaban en el palenque, los tipos eran cuatreros. Se adivinaba que algo sabían y me estaban tirando de la lengua. Eran capaces de vender a su propia madre. Pude ver cómo los otros dos murmuraban algo y miraban para el monte con las manos en visera. De pronto comprendí que sabían todo y estaban buscando a la gringa que de seguro ya tenía buen precio. Giré sobre mis talones y corrí. Sentí un fuego en el brazo. Me habían dado. Cuando me quise acordar, tenía a los tres encima, y que adónde está la vieja, hijo e'la gran puta, gritaban y me pasaban la navaja por el gañote y que arránquele la lengua hasta que hable, compadre, y me tiraban de los pelos de la nuca y que a'nde carajo está la vieja. Me creí muerto cuando ya no sentí nada. Abrí los ojos y pude ver cómo los tres miraban a un mismo lado con la boca abierta. Parada junto al palenque, doblada como un saucesito, arrugada como una pasa y entregándose como un cordero, ahí estaba la gringa. Me soltaron como a un lampazo viejo. Iba a correr cuando pude ver cómo la vieja sacaba las manos de atrás de la espalda y, antes de que dieran un paso, levantó la pistola que había sacado de mi cartuchera y le dio al gordo en medio de las cejas. Vieja e'mierda, iba a decir el segundo pero no pudo terminar la frase: ya le había disparado al corazón. La gringa tenía una puntería de granadero. El tercero salió a la carrera. Sólo entonces sopló la boca del caño y bajó el arma, caminó hasta la mesa, se tomó la botella de grapa de un solo sorbo, le arrancó un jirón de la camisa al gordo que flotaba en un charco de sangre, se me acercó, me apretó un torniquete en el brazo y haciéndome un lugar entre el crucifijo y su pecho me besó la frente.

Comimos.

Por la noche abandonamos Paso de los Monjes —cuatreros y prófugos— arriando ganado ajeno. Seguimos viaje hacia el norte, quién sabe por qué, animados por la misma perseverante voluntad que gobierna las brújulas. La gringa cabalgaba en silencio; podía adivinarse que a cada paso y conforme ganábamos leguas, mi prisionera, en la misma proporción, iba despojándose de una pena tan antigua como secreta, de una congoja que se diría octogenaria y tan vasta como el océano que la separaba de su propia materia celta.

En Trinidad de los Arroyos vendimos

bien vendido el ganado. En la Caleta asaltamos un almacén; en Corcovado huimos de los milicos que a esto estuvieron de agarrarnos; en el Casado tuvimos una bronca con una gavilla de asaltantes de caminos —cuestión de jurisdicción— y que Dios nos perdone, pero se la buscaron. Y así como así, de puro fugitivos y casi sin querer, en Belén de las Palmas asaltamos el Banco de Caridad; la gringa apuntaba y guay del que se mueva, compadre, que la vieja tira como un granadero y que lléneme la bolsa por favor que llevamos apuro y que no se olvide ni de las monedas, compadre, no sea cuestión que la abuela se ponga nerviosa.

En Los Maderos amanecimos célebres y ricos. No teníamos otro propósito más que el de andar, por andar, siempre para arriba, siempre para el norte. Y así íbamos; por la madrugada cabalgábamos con la fresca hasta llegar a un pueblo y que ponga todo en la bolsa y que no se haga el valiente, compadre, que la vieja se puede enojar; y así andábamos hasta que llegaba la noche y entonces la gringa me hacía un lugar entre el crucifijo y su pecho y así, con el susurro dulce y el ala tibia de su mano, así me dormía. Y nada más que eso quería yo de esta vida.

Fue el día de San Ramón Nonato —que es el santo al que le rezan las primerizas para tener buena leche y en abundancia—. Aquella mañana, como siempre lo hacía, la gringa se detuvo a leer la suerte en las vetas del tronco de un álamo: como siempre, nada dijo; me miró y trató de sonreír. Pero algo oscuro estaba escrito. Llovía una lluvia sosegada y paciente.

La gringa no despegaba la vista del horizonte. Cerca del mediodía escuchamos los cascos de un sinfín de caballos. Enfilamos para el lado de los montes. Llegando a la orilla de un cañadón pudimos ver, al otro lado, una formación de no menos de veinte soldados; eran mis camaradas. Lo vi a Pereyra y a mi amigo Lauge, al Indio Almada y a Cirio Rivera. Nos estaban apuntando. A un tiempo pegamos el espuelazo y corrimos al galope en sentido opuesto. No alcanzamos el pinar que se nos ofrecía adelante: por el otro lado nos salieron al cruce otros veinte caballos. Al frente estaba mi teniente que blandía un sable en el aire.

Eran cuarenta fusiles pero fue como un solo disparo. Tendida al pie del percherón, hecha pedazos y doblada como un saucesito, la gringa parecía mirame. Me apeé y ahí fui para quedarme a dormir el dulce sueño de los justos entre el crucifijo y el pecho, debajo del ala todavía tibia de su mano, donde nada, ni la muerte —que hoy me espera— podía hacerme daño.

"El sueño de los justos" obtuvo, en 1996, el Primer Premio del Concurso Desde la Gente, organizado por el Instituto Movilizador de Fondos Cooperativos. El jurado final estuvo compuesto por Liliana Heker, Vlady Kociancich, Juan José Manauta, Héctor Tizón y Luisa Valenzuela. Publicado en la antología Los Premiados, Ediciones Desde la Gente, 1997.

Jurado de Preselección: *Raúl Brasca, Jorge Fondebrider, Miguel Loreti, Elena Marengo, Ana María Ramb, Guillermo Saccomanno, Susana Silvestre, Claudia Solans, Josefina Trebucq, Miguel Vitagliano.*

Almas misericordiosas

Almas misericordiosas

Fue el mismo año en que las tropas de la confederación convirtieron a Berón de Astrada en una manea trenzada, hecha con las lonjas del cuero que le arrancaron de la espalda; el mismo año en que los ejércitos de la unión hicieron del general del Valle Rivas una generosa tabaquera con el pellejo de la bolsa de sus propios huevos; fue aquel mismo año, cuando me llegó la convocatoria de alistamiento al ejército. Me mandaron a combatir a Corrientes bajo las órdenes del coronel Hilario Pontevedra.

Jamás entendí la política. Lo mismo me dan -ahora como en aquella sazón— unitarios que federales; lo cierto es que pasé a integrar una división de infantería de sesenta hombres. Teníamos la orden de resistir la ofensiva que López Chico preparaba en Pago Ancho para abrirse paso hasta Entre Ríos. De ahí, una vez abatido López, avanzar hasta Curuzú Cuatiá donde, con el resto de las divisiones, se daría la batalla final. Pero lo cierto es que López Chico, enterado de nuestro avance, se adelantó hasta Rincón del Sauce, pasando catorce leguas al oeste de Pago Ancho y cuando nuestra división entró al pueblo, los hombres de López nos salieron al cruce a degüello por ambos flancos, dejándonos sin armas, sin municiones y sin jefes.

Treinta y cinco muertos y quince prisioneros que, como los heridos, acabaron colgados en la plaza de armas. En el dintel de la entrada de la alcaldía improvisaron un cadalso donde pusieron cabeza abajo —que es un decir— al decapitado coronel Hilario Pontevedra. Los menos conseguimos huir sin rumbo y los hombres de López salieron a la caza de los que habíamos podido profugarnos; tenían la orden de degollarnos donde fuéramos encontrados.

Herido en una pierna, conseguí sin embargo ocultarme en un corral. No me daban las manos ni la vigilia para espantar a las gallinas que se acercaban a picotearme la carne que asomaba por la herida. Al segundo día tomé la firme determinación de morir. Pero no hubo caso. Desde la plaza llegaban los gritos de los hombres de López Chico que, cebados de muerte, ataban por los pies a los prisioneros y los desnucaban al galope por las escaleras de la parroquia. Al tercer día escuché cómo se abría la puerta del corral y de haber sido creyente me habría encomendado a Santa Úrsula; sin embargo, pude ver del otro lado de la pila de cueros que me cubría, la silueta a contra luz de una mujer y detrás, la de un perro grande y escuálido. De a poco los tiros se hacían más espaciados y entonces el olor de la pólvora iba dejando lugar al hedor nauseabundo de los muertos, cuyas sombras se balanceaban en el fondo del corral. Contuve la respiración cuanto pude y, en verdad, no acababa de resolver entre darme a conocer a aquella mujer, bajo riesgo de que me delatara, o esperar quién sabe qué, hasta que me descubrieran o me devoraran de a poco las gallinas. En estas cavilaciones estaba cuando, a mi derecha, sentí un soplo caliente y pegajoso; entonces abrí los ojos y pude ver la dentadura perfecta y nacarada, debajo del belfo fruncido, de aquel perro que, por lo visto, estaba dispuesto a destrozarme a dentelladas, madre mía, que de haber sido creyente me hubiera encomendado a Santa Águeda, que es la santa que protege de los lobos y de los perros salvajes. Entonces saqué calma váyase a saber de dónde y apelando a su ama le supliqué que por Dios señora mía sáqueme este animal de encima, que deláteme si quiere pero por caridad quíteme a esta bestia que me cago de miedo, que abajo los salvajes unitarios si usted quiere o que muera la confederación si le gusta, pero por el amor de dios sáqueme a este perro antes que me devore.

Pasada la sorpresa inicial, pude notar que a la chinita le divertía la escena y después de reírse un rato, le sobó el lomo al animal que, sólo entonces, enfundó los dientes. Pero la risa se le borró de pronto cuando vio el hilo de sangre que me brotaba de la herida serpenteando desde la pila de cueros que me cubría a medias. Entonces, sin decir palabra, se perdió tras la puerta por la que había entrado y volvió al rato trayendo una palangana con agua, una botella de vinagre y unos trapos limpios. Sin decir palabra secó el sudor frío que corría por mi frente, me lavó la herida, me quitó las botas, me dio de beber y, con el rebozo que llevaba a los hombros, me hizo un torniquete en el muslo. Antes de perderse otra vez del otro lado de la puerta, se detuvo un segundo y me dijo que duerma, duerma, me dijo, que le hace falta, duerma hasta la noche, me dijo, que después vengo. Y se fue como se va la luz de las velas al soplarlas cuando uno se dispone a dormir.

Dormí durante un tiempo incalculable. Dormí con el sueño de los justos. Dormí como si el aire no oliera a cadáver, sino a incienso y a jazmines.

La chinita que me había curado la tarde anterior era la criada de Crescencia Castañeda, viuda de Sir Aldous Auster, aquel magnate del burlesque que antes de morirse donó cinco mil hectáreas para la causa de la unión y otras cinco mil para la de la confederación, de modo que la viuda no había heredado más fortuna que el caserón donde vivía con una hermana melliza y soltera. Ausencia, quien, pese a que, desde luego, tenía la misma edad que Crescencia, parecía infinitamente mayor.

Se decía en el pueblo que las hermanas Castañeda ocultaban en la casa una trilliza enferma y algo contrahecha que había nacido desahuciada y que, a pesar de los augurios de la partera y los deseos de las hermanas, se había obstinado en no morir jamás. Algunos juraban haberla visto deslizando su gibosa humanidad por el tejado del caserón; otros decían que desde el altillo se escuchaban espeluznantes quejidos y ruidos de cadenas. Pero éstas eran no más que habladurías como las historias de aparecidos y de espíritus que se paseaban en las noches de San Valeriano.

La viuda, mujer caritativa, todas las semanas organizaba almuerzos de beneficencia con las damas de sociedad. Las paredes de la sala estaban atiborradas de retratos que databan de las épocas doradas de la viuda. Aquí y allá se la podía ver, radiante y majestuosa, en la primavera de su vida. Las lenguas suspicaces decían que en sus años mozos había sido un poco casquivana y que el finado, hombre de espíritu redentor, la había rescatado de un oscuro burlesque de provincia. Todas las mañanas Crescencia Castañeda se recostaba sobre la chaise longue y allí se prodigaba afeites hechos con agua de rosas y unturas, mientras se contemplaba en los crueles retratos que, día tras día, le revelaban que el tiempo había pasado. Como correspondía a su alcurnia, la señora no tenía convicciones políticas demasiado firmes, de modo que era insospechable de ocultar prófugos.

Crescencia Castañeda, alma misericordiosa, me ocultó en la bodega de la casa que, a pesar de ser fría y húmeda, no podía compararse con el corral de donde me recogieron.

Todas la mañanas la viuda bajaba al

sótano y, personalmente, se ocupaba de curarme la herida que, por entonces, parecía definitivamente sanada. Al mediodía y otra vez al anochecer, la criada me traía comida y si quería beber, tiene permiso, niño, para servirse lo que quiera, me decía. Todas las tardes después de la siesta, la viuda se sentaba al piano y desde mi escondite podía escuchar los valsecitos que tocaba deliciosamente. La oficialidad de las fuerzas de ocupación, de tarde en tarde, se reunía en casa de Crescencia Castañeda a tomar un licorcito de menta o un guindado, mientras ella tocaba el piano. El mismo López Chico solía visitarla.

La ocupación llevaba por entonces más de dos semanas. Yo tenía la edad en que la barba empieza a poblar de a poco las mejillas. La viuda me trataba con la dulzura con la que se trata a un niño y cariñosamente me llamaba mi capitán. Una mañana entre las mañanas, mientras me curaba la herida, como al descuido, apoyó una mano en mi entrepierna; qué es eso que tiene ahí mi capitán, mi difunto me perdone, pero enormidad semejante juro no haber visto antes y el corazón me latía como un caballo. Crescencia Castañeda me tomó de las manos y con ellas se levantó las faldas, y que no mi capitán, que no me provoque porque no respondo y entonces, sin soltarme las manos, se las frotó por las tetas, duras y blancas y que no mi capitán, que no me busque porque me va a encontrar y entonces se sentó sobre mis muslos y yo inmóvil, y que no mi capitán, que me va a hacer daño y que ay mi capitán, y yo con el corazón latiéndome como un caballo desbocado, dejaba hacer.

La ocupación llevaba ya unos meses y todas las mañanas Crescencia Castañeda bajaba a la bodega a curarme la herida de la cual ya no quedaba siquiera cicatriz.

Y todas las tardes, después de la siesta, se sentaba al piano a tocar valsecitos.

Una tarde entre las tardes, mientras la viuda recibía a los oficiales, bajó la criada y sin decir palabra me quitó los pantalones y que no, niño que no se va a aprovechar de una mujer indefensa y se quitó el vestido y yo paralizado de miedo y que no niño que no soy más que una pobre criada y se quitó las bragas y que usted niño no sería capaz de semejante brutalidad y que así me paga el favor que le he hecho, entonces se abalanzó sobre mí y que Dios mío, que nunca había visto cosa parecida y yo inmóvil con el corazón latiéndome como un caballo desbocado.

Y todas las mañanas me visitaba la viuda y que no mi capitán. Y después de la siesta, cuando se sentaba a tocar el piano, bajaba la criada y que no niño.

Una madrugada, después de la medianoche, se abrió la puerta del techo que daba a la escalera y bajó Ausencia, la melliza de la viuda y que no mozo, que no llevo hábitos pero soy laica consagrada y entonces mientras con una mano se bajaba los calzones, con la otra me quitaba los pantalones y que no joven, que una no ha perdido las esperanzas de matrimonio y yo inmóvil como un niño asustado y que no se atreverá a aprovecharse de una pobre mujer y mientras me apretaba las tetas contra la cara, al mismo tiempo me la acariciaba con esmero y ahínco.

La ocupación parecía destinada a perpetuarse.

Todas las mañanas me visitaba la viuda y que no mi capitán, y después de la siesta, cuando se sentaba a tocar el piano, bajaba la criada, que no niño. Y por las noches, después de la madrugada, bajaba la hermana melliza de la viuda, que no mozo.

Una madrugada, antes que despuntara el alba, se abrió la puerta que daba a la escalera y entonces creí morir de pánico y repugnancia; pude ver la cosa más espantosa de la que tenga memoria, una especie de mujer contrahecha, deforme, gibosa, tuerta, renga, vieja, hedionda, calva, lívida, enferma, escrofulosa, sucia y harapienta que bajaba las escaleras con la rapidez de una rata. Era la trilliza de las Castañeda, aquella que había nacido desahuciada —que sin embargo se obstinaba en no morir jamás— y que las mellizas ocultaban desde siempre en el altillo y que no m'hijo, decía con voz de oso moribundo y aliento de hiena carroñera, que no se va a aprovechar de una pobre lisiada que apenas puede con sus huesos y yo inmóvil, petrificado, vi cómo se subía las faldas rotosas y hediondas a meo seco y añejo, y que no m'hijo que a mi edad una ya ni memoria guarda, y entonces se humedeció los dedos con una saliva espesa y verdosa, se levantó las enaguas enmerdadas exhibiendo una rajadura mucosa, purulenta, tumorosa, arrugada, podrida y lampiña, y entonces me cagué en la ocupación y subí la escalera como una exhalación al grito de colgáme López Chico, degolláme hijo de puta, pero liberáme de estas rameras por el amor de Dios.

Cuando llegué a la plaza, no vi los cadáveres ni las guardias de soldados alrededor de la alcadía. Sólo entonces supe que las fuerzas de ocupación habían sido derrotadas el mismo día en que me pusieron en aquel sótano de mierda y que López Chico había sido fusilado, después de un juicio sumario, ese mismo día en que la confederación retomó el pueblo.

La versión original de "Almas misericordiosas" —bajo diferente título— obtuvo en 1996 el Primer Premio del Concurso Buenos Artes Joven II, otorgado por la Federación Universitaria de Buenos Aires y el Gobierno autónomo de la ciudad.

El jurado estuvo compuesto por *Carlos Chernov, Susana Szwarc y Liliana Heer.*

La brújula invertida

La brújula invertida

Fue el mismo año en el que las huestes de la civilización hicieron del general Manuel D'Andrea una pipa de hueso con el caracú que le arrancaron de su propio esqueleto; el mismo año en que las tropas punzó convirtieron a Antonio de Acébal en un elegante cuentaganado trenzado con sus tripas. Aquel mismo año conocí a Matilde en el burdel de la polaca; era una niña que conservaba aún la candidez en la mirada. Trabajaba por la casa y la comida y había que pagar seis pesos la visita de un cuarto de hora. La habían comprado en Grecia por catorce dracmas y en el puerto del Pireo fue revendida por dieciséis y llevada a Nueva Orléans. Allí la compró don Jacinto de Alvear a un cuarto de dólar el kilo y se la trajo a Buenos Aires como obsequio para el embajador de Inglaterra, quien la presentaba en los saraos que en su homenaje daban los Anchorena en su estancia.

Pese a que sus distintos dueños pretendían convertirla en una alegre madame Dubarry, Matilde se empecinaba en conservar una mirada taciturna de Magdalena. Lloraba en silencio. Era pálida como la porcelana y parecía salida de un camafeo de marfil. Tenía la apariencia que tienen los extranjeros cuando acaban de bajar del barco, y que no se les borra hasta que les llega la muerte y entonces toman la expresión de los cadáveres que siempre es igual, sea uno criollo o extranjero.

No era la más cara de las putas de la casa. Como he dicho, había que pagar seis pesos para pasar con ella. Por otras uno tenía que poner diez y hasta doce. Cierto es que también las había de tres pesos y menos aún. Entre las pupilas de la polaca supo haber una negra que portaba unas tetas descomunales, tanto que tenía que andar un poco echada de espaldas como para no desnivelarse y venirse de boca al suelo. Era alta, como de dos metros y medio, juro, y tenía que agacharse demasiado para pasar por debajo de las puertas. Según decían, había que trincarla en el suelo, porque no había cama que diera el largo. Si uno quería pasar con ella, debía pagar veinticinco pesos o veinte si se regateaba un poco.

La polaca, detrás del mostrador, regenteaba la casa, llevaba la contabilidad y recibía a los clientes. Era una suerte de búfalo metido en un vestido de incontables volados. El cuello quedaba oculto detrás de una papada de tres o cuatro pliegues de grasa, salpicada de una pelusa que, con todo, no llegaba a ser una barba.

Sobre la pared, más allá del mostrador y junto a una pintura que mostraba a una mujer desnuda sobre una chaise longue, había un cartel que rezaba:

Tarifas de atenciones adicionales:

Franciscana, $8; Aragonesa, $7; Pas de deux, $7; Pas de trois, $8; Embrasse de l'ange, $6; Embrasse du monje, $5; Francesa completa, $5; Media francesa, $4; La culebrona, $3; Beso del fraile, $1.

—¿Qué servicio va a tomar? —preguntaba la polaca.

El cliente revisaba la lista, se llevaba una mano al bolsillo y contaba las monedas:

—Beso del fraile —decía.

Entonces la polaca descolgaba una ficha roja y se la entregaba. El hombre tomaba asiento en la sala de espera y se quedaba mirando la ficha. Se volvía a incorporar, caminaba hasta el mostrador y a media voz preguntaba:

—¿Puedo saber en qué consiste el beso del fraile?

—Pues en que le chupan a usted el culo —contestaba la polaca a los gritos.

El hombre volvía a poner la mano en el bolsillo y sacaba dos monedas más:

—Déme una media francesa.

—Servido —decía la polaca y le cambiaba la ficha roja por otra verde.

El día que pagué seis pesos para pasar con Matilde, ni la toqué. Me inspiraba ternura. Por la forma en que me latía el corazón y porque no había dios que resucitara al muerto que me colgaba entre las piernas, supe que estaba enamorado. Matilde se obstinaba en mirar al suelo mientras se quitaba la ropa, callada, diríase que con resignación. Colgó la bata; la colgó prolijamente, con escrúpulo, como si quisiera, a cada prenda que se iba quitando, postergar la vergüenza hasta la eternidad. Cuando estuvo completamente desnuda, se echó en la cama boca arriba mirando obstinadamente al techo, los puños crispados. Ni siquiera había notado que yo permanecía de pie en un rincón sin haberme quitado siquiera el sombrero, que no miraba otra cosa que no fueran aquellos ojos esquivos y tristes. Sin moverme de mi rincón le dije que la amaba.

Todos los días a las cuatro de la tarde me llegaba a lo de la polaca y, en el cuartito de cortinas púrpura, sin quitarme siquiera el abrigo, de pie en mi rincón, le decía a Matilde, que permanecía en la cama boca arriba, la mirada esquiva de niña asustada, empecinada en su silencio, le decía que la amaba, que se viniera conmigo, que escapáramos lejos, del otro lado del Plata y, si era necesario, más allá de la cordillera. Y durante seis meses, todos los días, a las cuatro de la tarde, sin siquiera quitarme el sombrero le decía que se escapara conmigo al otro lado del Atlántico si era necesario, le decía que la amaba como a nadie y Matilde se obstinaba en su mutismo.

Y todos los días a las cuatro de la tarde, durante seis meses, parado en mi rincón, sin quitarme siquiera los zapatos, le decía que la amaba, que se casara conmigo, que si no quería huir y que viviéramos como prófugos, estaba dispuesto a comprarla, a pagar lo que fuera, que dejara aquella vida de mierda y se viniera conmigo, que no era rico pero que nada le iba a faltar. Y Matilde, echada boca arriba, la mirada esquiva y taciturna, se empecinaba en callar.

Y todos los días, a las cuatro de la tarde, durante seis meses completos, me llegaba hasta lo de la polaca y pagaba seis pesos y ni siquiera me quitaba el sombrero, le decía que se viniera conmigo, que si era necesario nos íbamos al otro lado del Pacífico. Y Matilde guardaba aquel mismo silencio empecinado.

Fueron seis meses completos hasta que un buen día me entero de que Matilde no entendía ni jota de castellano, que no se llamaba Matilde sino Marcópula Pancreta Papatanasio, que la habían comprado en

Grecia siendo una niña por catorce dracmas y revendida a dieciséis en el puerto del Pireo, que en Nueva Orléans la compró don Jacinto de Alvear a cuarto de dólar el kilo para regalársela al embajador de Inglaterra.

Por la forma en que me latía el corazón y porque no había dios que pudiera resucitar al muerto que me colgaba entre las piernas, supe que no podía vivir sin ella. Entonces vendí la parcela que tenía en la ladera del cerro Punzagua, una tropilla de veinticinco mulas y mis tres caballos; con todo pude reunir doscientos cincuenta pesos. Por Matilde pedían trescientos, pero finalmente, después de mucho regatear obtuve el recibo de compra.

Cuando fui a buscarla a lo de la polaca me enteré de que un tal MacDougall la había embarcado en un vapor con destino a Boston. Había pagado cien dólares norteamericanos. Por la forma en que me latía el corazón y porque no había dios que pudiera levantar el muerto que me colgaba entre las piernas supe que no podía sino ir a buscarla a Boston. Fue un viaje largo y contrariado. A mi suerte y sin un cobre me embarqué en un carguero hasta San Pablo donde contraje un extraño virus, cuyas secuelas de diarrea y vómitos me acompañaron hasta Río de Janeiro donde perdí la marcha de la pierna izquierda a causa de una picadura de araña. En San Salvador de Bahía caí en una ciénaga cuyo hedor nauseabundo se me pegó de tal forma que tuve que recluirme durante dos meses porque andaba provocando vómitos a todo el que se me arrimaba. En Manaos fui capturado por una tribu de salvajes que si no me devoraron crudo, fue porque no les producía otra cosa diferente del asco. Finalmente conseguí embarcarme a bordo del Far East, al mando de Heningser, lugarteniente y mano derecha de William Walker que el filibustero había enviado para reclutar voluntarios para la tercera expedición a Nicaragua. Los que se embarcaban eran en su mayoría prófugos de la ley o del hambre, de la fiebre amarilla o del tedio. Por la forma en que me latía el corazón y porque no había dios que resucitara al muerto que llevaba entre las piernas, supe que no tenía otro destino que seguir viaje al norte movido por la misma voluntad irrevocable que gobierna a las brújulas.

Walker ya no era aquel heroico filibustero a quien muchos años antes Nueva York había recibido como se recibe a un padre de la patria, sino una sombra agostada que apenas si se dejaba ver de tanto en tanto como una exhalación. Caminaba con el peso que tiene la derrota cuando se instala en el andar como un lastre pertinaz. Tenía la mirada afiebrada por el odio. Ya no era aquel que se había elegido presidente de Honduras, aquel que había reimplantado la esclavitud porque en su conservación, decía, descansan las relaciones vitales entre el capital y el trabajo, porque poniendo al trabajo sobre una base sólida, permite a la sociedad inteligente avanzar resuelta a la conquista de nuevas formas de civilización y qué tanto, carajo, que estos negros de mierda no merecen otra cosa. Pero Walker ya no era aquel de las arengas inflamadas que tanto encendían los ánimos que ni siquiera él pudo parar a la turba enardecida de sus mercenarios cuando quemaron Granada, que para qué mierda uno se raja el culo invadiendo estas playas si después estos imbéciles le queman a uno las cosechas que tanto costó confiscar. Walker ya no era aquel sino un fantasma cansado que cargaba en sus espaldas el peso de dos derrotas.

Cuando el barco tocó puerto en San Francisco, deserté de las filas del filibustero y volví a quedar a mi suerte y sin un cobre. En Nueva Orléans integré una compañía de artistas ambulantes junto con contorsionistas, tragasables, eunucos del Oriente, enanos y negros que tocaban la trompeta. Nos presentábamos en tabernas y en los figones del puerto pero también en las reuniones de sociedad; ganaba medio dólar por función. Finalmente la compañía llegó a Boston y por la forma en que me latía el corazón y porque no había dios que pudiera resucitar al difunto que llevaba entre las piernas, supe que no podía sino buscar a Matilde por todos los prostíbulos de la ciudad, y así anduve de puerta en puerta, de lupanar en lupanar preguntando por Matilde, que no se llamaba Matilde sino Marcópula Pancreta Papatanasio, que Matilde era su nombre de puta y que vaya uno a saber cómo la llamarían entonces, y así anduve recorriendo las tabernas, hasta que di con una que le decían la portuguesa porque era de Brasil. La portuguesa era buena como el pan y me dijo que volviera a verla en unos días y volví en unos días y entonces me dijeron que a la portuguesa la había matado la sífilis pero que había dejado una esquela para mí: era la dirección de un burdel del puerto. Cuando volví a ver a Matilde tenía aquella misma expresión que tienen los extranjeros cuando acaban de bajar del barco y que sólo se les borra cuando les llega la muerte y entonces toman la apariencia que tienen los cadáveres que siempre es igual sea uno de donde sea. Tenía la misma palidez de la porcelana y aquel mismo perfil que parecía salido de un camafeo. Por la forma en que me latía el corazón y porque no había dios que pudiera resucitar al muerto que llevaba entre las piernas supo que la amaba como a nadie y entonces huyó conmigo a Buenos Aires. Cuando nació la niña le pusimos Joana por la portuguesa, que no se llamaba Joana sino María, que no era portuguesa sino de Brasil y que Joana era su nombre de puta.

"La brújula invertida" está incluida en el conjunto de relatos que ganó el Primer Premio del Concurso Buenos Artes Joven II en 1996.

TEMAS *en el margen*

Otros títulos

Antonio Tabucchi

Un baúl lleno de gente

El hecho de que Antonio Tabucchi sea conocido en toda Europa por sus novelas **Requiem**, **Sostiene Pereira** o la más reciente **La cabeza perdida de Damasceno Monteiro**, con las que ha obtenido diversos premios (Médicis, Étranger, Viareggio o Campiello entre otros) hace que se relegue, o se desconozca por completo, su faceta de estudioso de la Literatura Portuguesa. Y dentro de ésta, su pasión por Fernando Pessoa, el hombre que ha creado una multiplicidad de vidas con las que llenar una vida, el cual no es visto aquí como un personaje de ficción sino como el poeta que muestra anticipadamente algunos de los caminos que más tarde recorrerán los escritos del siglo xx. Estudios sobre "El Marinero", "El guardador de rebaños", o sobre la relación Pessoa-Svevo, presentan un Pessoa múltiple que hacen de este empleado gris, que subsiste traduciendo cartas comerciales durante un puñado de horas a la semana, uno de los escritores más ricos de este siglo. A él se encomendará Tabucchi para que le guíe por los senderos del duermevela creativo.

Ángeles Mastretta

Ninguna eternidad como la mía

Haber amado es haber vivido de verdad. Isabel Arango tiene una vocación indestructible: bailar, llegar a ser una gran bailarina. No importa lo que quede atrás; su pueblo natal, su familia, su infancia. Su vida ahora es la ciudad de México, las clases de Madame Alice, los sabios consejos de Prudencia Migoya, los sueños de grandeza. Que si tiene talento para lograrlo? Lo tiene, y de sobra. Así es como una noche, bailando un "tristísimo cantar mexicano" con una coreografía inventada por ella, enamora a Javier Corzas, un hombre como todos los hombres, arrollador por fuera pero por dentro temeroso de los compromisos.

Juntos vivirán la intensidad pura , eso que los seres humanos han dado en llamar "felicidad". Pero ese romance, en el que Isabel dejará que su amante le "tome la existencia", será también para ella un triste camino que la llevará a comprender la paradoja de que aún la "eternidad", de los instantes vividos con plenitud, termina.

Ninguna eternidad como la mía es una muestra clara de la contundente sencillez y gracia con que la Mastretta narra los vaivenes y dilemas del corazón humano. Y como ocurre con cada libro de esta notable escritora, al terminarlo, el lector siente que vale la pena tener penas de amor porque sabe que haber amado es haber vivido de verdad.